主编 凌翔 新时代精品朗诵诗选

用温暖的笑
把岁月丈量

张冬娈 著

中国民族文化出版社
北京

图书在版编目（CIP）数据

用温暖的笑把岁月丈量/张冬姿著.—北京：中国民族文化出版社有限公司，2020.7
ISBN 978-7-5122-1371-5

Ⅰ.①用… Ⅱ.①张… Ⅲ.①诗集—中国—当代 Ⅳ.①I227

中国版本图书馆CIP数据核字（2020）第105876号

用温暖的笑把岁月丈量

作　　者：张冬姿
责任编辑：王　华
责任印制：张　宇
出 版 者：中国民族文化出版社　　地址：北京东城区和平里北街14号
　　　　　邮编：100013　联系电话：010-84250639　64211754（传真）
印　　装：唐山楠萍印务有限公司
开　　本：710mm×1000mm　1/16
印　　张：13
字　　数：120千
版　　次：2020年7月第1版第1次印刷
标准书号：ISBN 978-7-5122-1371-5
定　　价：49.80元

版权所有　　侵权必究

目 录

第一辑　爱意绵绵

用温暖的笑把岁月丈量　002
黑黑的墙　004
倚在北方的枝头眺望　005
梳子见证的过往　006
爱是——　007
我的爱　009
柔暖地陪伴　011
紫藤的心事　012
风的思念　013

木棉的幸福　014
淳朴的偶然　015
不让希望的花朵凋零　016
朴素地相依　017
以最安静的姿态想你　018
初遇·相知　020
同赴万紫千红的季节　021
感恩上天，让我今生遇见你　022
守护花瓣的心　024

有一种想念叫不敢想　025
温暖的依靠　027
该在何处安放　028
当爱情的花朵在心田绽放　029
五百年的落寞　031
错过　032
鱼儿的思念布满天空　033
相伴到永远　035
谁在花瓣上悲伤地哭　036
我的名字叫漂泊　037
透明的忧伤　038
银杏叶和白雪　039
被蛙声俘虏的月光　041

渴盼一场救援　042
摘一片儿月光托在手掌　044
雪花的爱　045
揽一缕清风入怀　046
轻轻摇曳水云间　047
我是你近旁的一株花　049
红叶恋歌　051
枯萎的繁华　053
静静地想你　055
梅的姿态　056
四季心　057
捧起你的美丽　058

第二辑　四季物语

雨夹雪　060
春分的遐想　061
墙角的白玉兰　062
郁金香的芬芳　063
柳眉儿倾城一笑　065
明媚一旦成了气候　066
春分，是个盛大的舞台　067
素颜的花朵在歌唱　069
春雪　071
春雨十四行　072
谷雨　073
喝醉的三月　074

谷雨的雨　075
谷雨的麦子　076
野菊花　077
我把艳遇挂上窗棂　078
三月，就这样与我擦肩　079
轻揽四月的腰　080
槐花儿　081
杏花心语　082
春花似锦，落红成阵　083
目送春天远去　085
赶往粮仓的途中　086
坐在陀螺上的五月　088
沉思的向日葵　089

露珠和莲　090
来自远古的夏蝉　091
立在麦芒上的夏天　092
夏天的雨　094
夕阳下的白洋淀　095
秋雨急急地敲着窗　097
坐上秋天的尾巴尖　099
秋天的歌者　100
那些比李清照胖些的菊花　102
老农　104
童年的冬天　105
初雪如霰　107
雪　109
雾凇　110
雪花的四季　111
一朵摇曳的花香　112
早起的鸟儿们　114
长短不一的脚　115

第三辑　报国情怀

飘过端午的天空　118
不灭的屈原　120
五月，我在汨罗收割　122
千年不变的芦荻　124
明月与李白　126
骑马　129
草原　草原　130

风车　132
梦里的安州　133
悠悠易水蓝　135
女排，是一个神话　136

第四辑　母爱深深

永远的牵挂　140
我今生的桃源　142
母爱，点亮细节　144
母亲的守望　146
母亲的手　147

第五辑　乡愁缭绕

乡愁是一朵游走的云　150
余光中的乡愁　151
你　153
采摘回家的渴望　154
家乡的路·雄安的路　155
十月·麻雀·北方　158
故乡，归心似箭的远方　160
等待收割的金黄　162
远去的乡野　164

第六辑　云水禅心

云在云之外　168
俗雅由心　170
站出四季的优雅　171

月亮不上相　172
静是一种喧嚣　173
昙花　174
误会　175
雪　176
霜　177
白天很短　黑夜很长　178
跌落枝头的蝉鸣　180
幸福的抵达　181
雪地爱干净　182
关注　183
枯萎　184

人生的本质是残缺　185
跟这个世界道别　186
风是个敬业的邮差　187
崭新而又清爽的世界　188
花与影　189
白洞　190
人生多像一出变脸的川剧　191
雪是松软的冰　193
窗花　194
冬至　196
有一种风景不在险峰　198
大寒　199
马灯　200

第一辑　爱意绵绵

用温暖的笑把岁月丈量

掰一块儿阳光
捂热你冬天的寒凉

摘一袋儿月光
把你前行的路照亮

把快乐打成捆儿
装进你的行囊

陪着你风餐露宿
伴着你平安健康

早晨醒来
记得把幸福叫醒
夜里入睡
别忘把笑容收藏

走在路上
看云儿悠闲飘荡
穿行林间
听鸟儿欢欣歌唱

风正暖　花正香
携手同心向前行
轻品岁月　慢度时光
用温暖的笑把岁月丈量

黑黑的墙

时光举着暮色

我看着你　你望向远方

夜幕就像一堵黑黑的墙

隔开厚重的心事

也隔开那些粉红的过往

这样的暗夜

月亮和星光一起越狱

孤独和忧伤

也走在逃亡的路上

一个人发呆　凝望

傻傻地盼着天亮

盼着太阳用它通透的手掌

推翻这堵黑黑厚厚的墙

倚在北方的枝头眺望

我倚在北方的枝头眺望
你卧于南国的花瓣怀想

惺惺相惜的我们离得并不远
只隔着一个黑白相间的冬天

当止住笑声的思念开始变得缠绵
繁杂的梦境不再凌乱
湖心亭的积雪被老叟垂钓
瘦成几何图形的残荷望着远山

你的眉心我的脸
都在冬天的西湖水里潋滟——

梳子见证的过往

醒来的你端坐在梳妆台前
用哪把梳子梳掉睡意
又用哪把梳子精心梳理
崭新而又美好的希望
那些柔暖清雅的记忆
是否如满月下的团聚
笑声荡漾　轻舞飞扬
早起的鸟儿衔来清凉晨光
对镜梳妆的你浅笑着离场
如果回忆可以任意增删
我想删除那些口不择言的伤
把梳子见证的过往
无限——拉长——

爱是——

爱是——
沙鸥盘旋的湖面
燕子剪出的春天
驼铃摇响的大漠
企鹅难舍的冰川

爱是——
高山之巅飞流直下的一帘瀑
乱石堆中汩汩涌出的一眼泉
荒郊野外熊熊燃烧的一团火
峡谷深处忽明忽暗的一线天

爱是——
炎阳下一把清凉的扇
暴雨中一副依靠的肩
寒风里一双温暖的手
栅栏外一挂青翠的思念

而我——
最愿意变成广阔而又高远的蓝天
让你这只美丽又专情的鸟儿
在我的怀抱里自由展翅
收获一天空久违的惊喜

我的爱

我的爱皎洁了月色
你的心在何处停泊
如果一片秋叶
代表一团炽烈的火
不偏不倚
正好落在你的心窝
你是不顾一切地闪躲
还是下意识地将它紧握
你可知道
那片火红的秋叶
是我寄给你的情书
记载着今生的约定
和前世的传说
而你
无论闪躲还是紧握
它都在那里
静静演绎着

那些或遥远或切近
或寂静或喧嚣的
悲与欢　离与合
还有三生石上
早已注定的因和果

柔暖地陪伴

每个早晨的睡意
都被鸟儿们的勤奋拿走
那种不容分说的底气
就像拿走一件废弃的衣裳
如果有你在就好了
你的魅力足以抵挡
那些色彩缤纷的声音
就算再强悍的入侵者
都会在你柔暖地陪伴下
俯首称臣
然后，你再赐我几枚
明亮而不聒噪的早晨
它们圆润得没有一点儿棱角
只有你芬芳的笑
在我缤纷的睡梦中
柔情盛开——

紫藤的心事

多想变成一只彩蝶
轻轻落在你的肩上
看你的笑靥　闻你的体香
连呼吸的频率
都与你一同绽放
可我只是一架紫藤
只能在春暖的季节
默默捧起你柔美的目光
在你转身的刹那
再难平复内心的波澜
尽管我知道所有的依恋
迟早会被时间的魔手
淡化　风干
可我依然固执地
盯着你离去的方向
把期盼的目光无限拉长
拉长——
有你在的时光
连梦境都是花开的模样

风的思念

我的双脚
跑遍万水千山

看你在何处
藏着娇俏的容颜

当我
以百米冲刺的速度
飞离你的视线
你是否后悔
没能拉住我的青衫

从现代穿越到古代
你可还记得
一起离开时的洒脱与精彩
可还记得
穿越中璀璨的忠贞与情怀

往事如风又如烟
就像一张得意又失意的脸

木棉的幸福

作为一朵木棉花
我最大的幸福
就是并肩在你的身旁
看高天上雪白的云朵
在天蓝色的幕布上游逛
看你腮边纯美的羞涩
如何染红一季春光
看你瞳孔里
自己呆萌的模样
如何捧着你的笑容
绽放痴狂

淳朴的偶然

我与你的相逢
只是一个淳朴的偶然
就像一场疾风和
一阵骤雨的并肩
就像一朵浪花与
一条小鱼的相遇
不是久别重逢却
胜似久别重逢
不谈且行且珍惜
不回首蓝色的往昔
只安享此刻——
彼此深情地凝望
你在我眼中
我在你心里
不离不弃　相偎相依

不让希望的花朵凋零

夕阳
拉长我寂寞的身影
就像昏鸦
衔着自己的沉重

何时
才能收到你粉红的笑容
千百次地叩问
就是为了
不让希望的花朵凋零

朴素地相依

你
从不看轻我的低矮
我
从不仰仗你的威仪
冰雹来啦
你自己来挡
狂风来啦
我自己来扛
只有我们自己知道
你　在我眼中
我　在你心里
我们站在彼此身旁
朴素地相依

以最安静的姿态想你

卧在一枚荷叶的中心
以最安静的姿态想你
想你在喧嚣中行走时
微蹙的眉头
想你在静谧里端坐时
凝神的双眸
想你在忧郁中嗟叹时
绵延的惆怅
想你在困境里跋涉时
悠长的迷惘
想你在阳光下歌唱时
如莲的笑靥
想你在夜幕中沉静时
似水的柔情
想你在这个仲夏的清晨
迈着清凉如月华的步子

卧进这枚荷叶的青翠中

与我一起牵手

创造鎏金岁月

共度青橙时光

初遇·相知

初遇时
你是我心中绚烂的霞
我是你眼里芬芳的花
我们彼此欣赏　彼此怜惜
伴着朝阳升起夕阳落下
相知后
你是我心中绚烂的霞
我是你眼里平常的沙
也许是我仰视得太久
才让你在优越的俯视中
将我的瑕疵无限放大
如果体贴和尊重也能成为
挑剔的筹码
我宁愿跟随风的脚步
浪迹——
　　天——涯——

同赴万紫千红的季节

好想穿越
回到那个有你陪伴的季节

风撒欢儿地吹着树叶
树叶却紧紧地拥着雪
雪想和风儿翩翩起舞
风儿却把树叶揽进怀抱

而你
是我枝头一枚小小的芽苞
冽冽寒风中一起无畏地笑

穿越漫天飞雪
同赴那个万紫千红的季节

感恩上天，让我今生遇见你

（一）

岁月是一只画笔
画我眼角的鱼尾
也画你眉宇的英气
画我们现在的温馨
也画我们暮年的睿智
一点一滴地描画着
你眼中的我　我眼中的你

（二）

我们手牵手的默契
被岁月定格在时光的镜框中
我们肩并肩的温馨

被时光镶嵌在记忆的长河里
老迈把皱纹嵌进我们的面容
半躺在阳台的摇椅上
你深情地望着我
我满足地看着你
那柔情的目光里写满感恩
感恩上天
让我今生遇见你

（三）

其实　我们不必告诉彼此
眼里的浓情蜜意就像午前的阳光
借着爱的宝船悠悠地漫溢
住进彼此的心里
你还能像以前似的任意东西吗
我们丢了彩凤的双飞翼
却赢得了更宝贵的心有灵犀
携手在这个薄情的人世间
心无旁骛地深情以待

守护花瓣的心

在一片嘈杂的喧嚣中
邂逅正在飘落的你

笑吟吟的日光
将你的笑容托举
连同你粉白的裙裾

我试着伸出宽厚的手掌
果断中带着迟疑

你借着调皮的风儿
绕开我的手掌,翩然
落在我的脚边

倦了,你就小睡一会儿吧
我会用自己宁谧的温情
围成一圈馨香的栅栏

守护你缤纷的梦境
斑斓的心——

有一种想念叫不敢想

有一种想念叫不敢想
不敢想你们初来时欢欣的脸庞
不敢想你们离开时留恋的目光

不敢想你们举棋不定的犹疑
不敢想你们丢车保帅的悲壮
不敢想接力时你们飒爽的英姿
不敢想拔河时你们拼命的模样

有一种想念叫不敢想
不敢想我们农耕时的挥汗如雨
不敢想我们收获时的欣喜若狂

不敢想朗诵比赛你们声情并茂
不敢想感恩互动我们泪洒操场

不敢想黑白子让你们全神贯注
不敢想羽毛球令你们血脉喷张

有一种想念叫不敢想
不敢想备考时你们歌声嘹亮
不敢想跑操时你们口号铿锵

不敢想初来时你们稚嫩的面庞
不敢想离开时你们坚毅的目光

哪里的岁月不闪亮
哪里的青春不散场

挥一挥手　我们笑着别离
虽然那笑里闪动着泪光

有一种想念叫不敢想
虽然那根回忆的丝线已经拉得
很长　很长——

温暖的依靠

我千里跋涉脸上是难掩的憔悴
我涉水而歌眼里是不尽的苍凉
千疮百孔的心像一片春天的落叶
被浩荡的东风裹挟着掷向远方
无边的恐惧潮水般淹没我的希望
你的笑一如冬日阳光生出翅膀
载着我在心灵的晴空自由飞翔
从此美丽高贵又清雅的你
成为我今生最温暖的依靠
相扶相携　直到终老

该在何处安放

喜欢站在风里看夕阳
感受那缓缓流动的时光
喜欢把梦想念给天边的云朵
看它们红着面庞飘向远方

远方的黄昏里站着一位姑娘
同我一样看着燃烧的夕阳
怀着同样的梦想等待相见
看岁月的车轮碾过时光

哦——
那些美丽的期盼
那些如花的过往
该在何处安放

当爱情的花朵在心田绽放

当爱情的花朵在心田绽放
到处都是温暖的阳光
风儿的面孔是如此慈祥
连空气都变得格外芬芳

笑靥如花的你来到静静的小溪旁
坐在一块坦荡如砥的巨石上
清清的溪水映着你的美丽和端庄
还有那魂牵梦绕的朝思暮想

岸边的水草放着油油的绿光
午睡的鱼儿正在里面静静地隐藏
你的目光游移在波光粼粼的水面上
忽然捕捉到心上人渴盼的目光

你的心头像有一头小鹿在撞
甜蜜的幸福里伴着隐隐的慌张

抬头看见雪白的云朵闲散地飘在天上
轻灵的鸟儿在蓝宝石里自由飞翔

秋日的午后是如此静谧
任凭你的思念编织成密密麻麻的网

五百年的落寞

如何让我遇见你
在我最想你的时刻
为此我已在尘世等了五百年
每个轮回都瘦瘪成峭壁上的松果
浓浓的思念将身体挤破
当你吹过
请你细看
那空荡荡的枝头悬挂的
不是松果壳
是我五百年来等不到的
你的落寞

错过

望穿秋水不见你来
桑田就那么鲜花盛开

秋水望穿我已不在
桑田花谢已成沧海

交错的时空把你我隔开

我,看不见花落
你,等不到春来

鱼儿的思念布满天空

拿得起的是你纯美的微笑
放不下的是你终日的辛劳
向日葵整日在阳光下灿烂地思考
谁会知道暗夜来临她叹息的味道

初升的旭日喜上眉梢
闲散的云朵懒得在天空奔跑
风儿捎来海洋的讯息
惊动了树上无法入睡的飞鸟

鱼儿的思念布满天空
飞鸟的牵挂堆成一座海岛
向日葵的忧伤只讲给月亮
太阳看到的永远是她明媚的笑

白天，花儿的笑被阳光装裱
黑夜，飞鸟把心事带进小巢
鱼儿的思念一直被海水浸泡
岁月就在这白天黑夜的轮回中
喧嚣复宁静　宁静复喧嚣

相伴到永远

星光是这样的暖
夜风是这样的柔
花瓣轻轻地闭拢
春水静静地流

想你时,孤单是头依偎的小兽
念你时,寂寞是杯陈年的老酒
藤的心中绽放树的伟岸
树的梦里萦绕藤的缠绵

就这样藤与树心手相牵
相依相偎相伴到永远

谁在花瓣上悲伤地哭

暮色中
谁在失落的断崖边迷茫无助
晨光里
谁在孤零的花瓣上悲伤地哭

哈哈……
空洞的笑声里镶嵌着谁的寂寞
呜呜——
冰冷的泪光中闪烁着谁的孤独

焦躁的海浪把思念愤愤地丢上沙滩
温情的季风在椰林的耳边轻轻呢喃
缠绵的水草大睁着痴情哀怨的双眼
痴狂的梦中谁又与谁反反复复纠缠

阵阵和谐的雁鸣远去
山高——云淡——
缕缕宽容的花香袭来
海阔——天蓝——

我的名字叫漂泊

我是闯进你生命里
步履匆匆的过客
偶尔在你的心湖里
划起一痕小小的浪波
别问我要去哪里
我的名字叫漂泊
追逐风的脚步
为梦想着色
你的馨香
我也随身携带着
雪落如歌　花开成河
金色的菊蕊里　永远
灿烂着你的笑窝

透明的忧伤

当黎明收回黑夜那张思念的网
晨风吹开花儿惺忪地渴望
我这颗小小的露珠啊
还没来得及露出欣喜的目光
就被一只早起觅食的鸟儿啄碎
那碎了一地的
片片都是我透明的忧伤
美丽的花儿呀
如果还有来世
请允许我依然守在你身旁
映射你的清雅
剔透你的芬芳
在短暂地陪伴里
甜蜜一段幸福的时光

银杏叶和白雪

我是金色的银杏叶
在枝头苦苦等你三个季节
雪啊，你有没有动身
秋风一阵紧似一阵
我却看不到你俏丽的身影

呼啸的北风气势汹汹
吹落我偎在枝头的美梦
雪啊，你有没有启程
冬天的草坪滴水成冰
我却看不见你洁白的笑容

这件金黄的蝶衣渐渐褪色
等你的心啊，也在慢慢枯竭
雪啊，你有没有日夜兼程
我怕我等不到隆冬
我怕赴约的你会扑一场空

枕着日渐消瘦的渴盼入梦
梦到翩翩飞舞的你
轻轻柔柔把我搂进怀中
雪啊，你终于还是来了
我激动得泪水盈盈

一睁眼竟惊喜地发现
自己真的在你怀中
你亦真亦幻的笑容
美丽了我渴盼的心情
也温暖了整个寒冷的冬

我是金色的银杏叶
你是纯洁的白雪
我们终于赴了前世的约
在这个天寒地冻的时节

被蛙声俘虏的月光

被蛙声包围后
夜就安静下来
唯有蛙声不知疲倦地唱和着
此起彼伏的歌声俘虏了
轻手轻脚的月光
就像我的心驻足在你的身旁
静静凝视你熟睡的模样
同无声的爱
织就一张透明的网

渴盼一场救援

冷寂的冬夜
静得两耳灌满蝉声
蟋蟀们不知何时退出了舞台

稠密的蝉声不绝于耳
就像一股疯狂的潮水
不可遏制地冲过来将我包围

电　突然从我身边撤离
带走了所有能够触摸到的光
连剽悍的西北风也不知去向

陷在蝉声的浪潮里
渴盼一场救援
风声或者雪声
抑或老家墙角里蟋蟀的琴声

然而 什么也没有
除了蝉声还是蝉声
透彻心扉深入骨髓

如果有你在该多好
蝉声就不会如此嚣张和放肆
你的怀抱是它们最好的克星

当一声鸡啼悠悠传来
我的心终于慢慢安静
黎明的气息正向我慢慢靠拢

摘一片儿月光托在手掌

摘一片儿月光托在手掌
看能不能照出你熟睡的模样

夜风秋水一般寒凉
在我温热的心上汩汩流淌

泪光映着点点星光
遍撒清冷的孤寂和银色的忧伤

渴望一双手拉我入梦
缝补这漫天的彷徨与迷惘

雪花的爱

天空爱上蓝蓝的海
白云读懂了大地的情怀
风儿你不要总是那么无奈
冬天过后依然是春暖花开

叶子的离开是为了更深沉的爱
花儿的枯萎会换取更美的未来
因为美人鱼化成了海上的泡沫
才让那段刻骨铭心的真爱亘古不衰

想你的脚步再也停不下来
爱你的心花就这样不分白天黑夜地盛开
我这朵天空小小的花纵使没有色彩
也在日日夜夜渴盼着美丽的春天到来

揽一缕清风入怀

揽一缕清风入怀

披一袭绚丽的霞彩

就像，就像拥着你暖暖的笑

从宁谧的睡梦中静静醒来

芦花的馨香抚弄着朝霞的裙摆

在清丽的晨光中缓缓盛开

亲爱的，我知道你会来

与我一起，挽起手

也挽起我们共同的未来

踏着默契而又美妙的节拍

轻轻摇曳水云间

在我眼中
灿然绽放的烟花是风景
它燃尽了生命
却华美了夜空

冲上高空的喷泉是风景
它不惜粉身碎骨
也要点燃围观者的惊叹

亭亭玉立的莲是风景
它冲破淤泥的重重阻挡
才做到高洁傲岸纤尘不染

粗犷豪放的塞北是风景
娉婷绰约的江南是风景
还有那
听不够的泉水叮咚

看不厌的惊涛拍岸
无一不是风景

而你
是我眼中最美的风景
不是莲胜似莲
轻轻摇曳水云间

我是你近旁的一株花

风把我带到尘世
播撒在你的近旁
你开你的花
我散我的芬芳

是一阵细雨
让我们听到彼此的声音
是一缕晨光
让我们发现彼此的美丽
我听得懂你的抱怨
你听得到我的叹息

沐浴在同一片日光下
扎根在同一片土壤里
风雨的脚步是这么勤快
它们一来你就倒向我
你离我是这么近

近得眼里心里都是
对你的疼惜

经历过风雨洗礼的我们
能够一起长大多好
可是在彼此贴近的那一刻
枝叶却意外地纠葛在一起
花瓣被你刺伤的那一刻
我选择了沉默
风雨中当你再次倒向我
伤口未愈的我再添新伤

看着晴朗的天空
我告诉自己
别落泪，忍一忍就过去了
看着阴霾的天空
我提醒自己
别计较，等一等天就晴了
梦中我身边的你长大了
收起了抱怨的尖刺
可以从容地笑对风雨了
我是你近旁的一株花
静静地看着你慢慢强大

红叶恋歌

春,让你蓬勃
夏,送给你繁华
到了秋天啊
你从头到脚
绚烂得胜过夏花
而我何其幸运
你轻轻一跃
便落进我的掌心里

静美
是因为经历了太多的沧桑
珍藏
是因为读懂了你所有的成长

你在自然的风雨里播种梦想
我在现实的困境中收获坚强

你卧在书的深处

我坐在秋天的深处

你静静地看我

我静静地看红叶

岁月深情地一瞥

带我们穿越大雪纷飞的季节

枯萎的繁华

蓄一冬之努力
开一季之繁花

我要
让自己的生机绿遍春夏
令自己的芬芳香透天涯

当秋风带走我的色彩
当我眼中盈满青葱的泪花
亲爱的，你一定知道
我有多枯萎就曾多繁华

雨一直下
淋湿了大地，淋湿了树林
却再也淋不湿那颗
日夜想你念你的心

所有的泪水都被你的无视烤干

再也回不去

那些曾经的卿卿我我

再也回不去

那些逝去的耳鬓厮磨

再也回不去

那些宝贵的心心相印

为什么

笑着笑着就噙满泪水

走着走着就忘了初衷

雨，一直下

漫天的雨雾迷失了来路

也阻断了前程

那些干瘪的爱

连壳都失去了弹性

静静地想你

就这样静静地想你
从白天到夜里
每一片儿阳光
都有你的笑容闪闪发亮
每一丝儿清风
都有你的声音轻舞飞扬
你的颦笑举止
无一不在我的心头荡漾
多想乘着思念的翅膀
飞到你身旁
就这样将你深情凝望
哪怕一转身
便是一生的时光

梅的姿态

我穿越千年风霜
我游遍万里海疆
历尽一望无际岁月的沧桑
才化作一朵红梅
小心翼翼开在你的身旁
即便你看都不看我一眼
我仍然对你充满了希望
我用自己小巧的花瓣
轻轻触摸你娇媚的面庞
亲爱的，你可知
我已煎熬了九生九世
才换来今生
在你的身旁悄悄绽放

四季心

一季清凉一季心，
一方水土一方人。
一捧落花一捧泪，
一世尘缘一世情。
流水落花秋山瘦，
寒蝉凄切夜空深。
但愿冬去春来早，
又在他乡遇故人。

捧起你的美丽

在沉沉的睡梦中拥着你的呼吸
想轻轻撩起梦的面纱
捧起你的美丽
思念的脚步高高低低
就像跃出水面的小飞鱼

第二辑　四季物语

雨夹雪

一半冰凉　一半热烈
即使抱成团
也无法放下纠结
在奔赴新世界的空中
彼此敌视　彼此和解
触物的瞬间才明白
已是春天的时节
花花草草的暖
融化了雪的冷艳
前赴后继下了一整天
每一粒空气中
都绽放着清新的花朵

春分的遐想

我
伏在春分的蕊里
看它娇艳的面庞
那五彩缤纷的芬芳
都在微微润湿的空气里
静
　　静
　　　流
　　　　淌
流向季节的深处
我蔚蓝的遥想
乘着花瓣的小舟
从仲春的麦田
划向盛夏的芦苇荡
划向深秋的金黄
划向我们共同的
诗——
　　和
　　　远方——

墙角的白玉兰

承受墙角的暗

也享有天空的蓝

缺少日光的暖

却能躲避风的寒

纵然长在墙角里

我也有我的苦乐年华

悲喜交加　得失参半

任思想在平淡里

打坐——参禅——

郁金香的芬芳

在明媚的春光里潋滟
游走的空气就像一个个气泡
"噗"的一声就爆出一枚枚
亮闪闪的惊叹
手机、卡片机，还有单反
都是哥伦布那善于发现的眼
恨不得把所有的郁金香纳入私囊

红黄相间的"奥运火炬"发出燃烧的脆响
镶银边的"蓝钻"散着幽幽的清香
"紫色的梦"缓缓铺开奇妙的幻境
微微的粉色飞上"狐步舞"奶白的面庞
"黄绣球"那金色的花瓣重重又叠叠
仿佛一朵朵金莲绽放
清雅脱俗的"蒙戴尔"酷似洛阳的牡丹

花瓣如轻羽翩然欲飞

边缘似芦荟布满堤防

炽烈得不顾一切将所有的热情绽放

默默洇染着春天的画廊

这一大片一大片的郁金香啊

这一望无际的赤橙黄绿青蓝

不知不觉便治愈落红遍地的忧伤

柳眉儿倾城一笑

柳眉儿浅浅
用鹅黄的画笔
描绘稚嫩的春天
柳眉儿弯弯
撑几枚柳叶小船
游弋在碧海蓝天
柳眉儿似蕊
柳眉儿如烟
柳眉儿倾城一笑
美翻了北国
醉倒了江南
春天，瞬间诗意成
美不胜收的梦幻

明媚一旦成了气候

明媚一旦成了气候
心里的喜悦就往外拱
早春也迈着小碎步姗姗而来
博美犬腻在室内的温暖里
端详着主人脸上晴雨表的刻度
黏在枝头的枯叶酷似翩跹的蝴蝶
在明媚里跳舞，在湛蓝里放歌
还有那些苗条的树枝和威武的建筑
在暖阳的簇拥下欢欣着静默

春分，是个盛大的舞台

春分，是个盛大的舞台
等不及的花朵们盛装出演
油菜花抢先露出金灿灿的脸
簇拥着游人沉醉的迷恋
杏花幸福而又羞涩地含苞
粉白的面颊在春风中盛开
樱桃花也迫不及待集体出操
你拥我挤的队列七扭八歪
翩跹的蜂蝶们忙也忙不过来
杨柳扭动着纤细的小蛮腰
燕子正站在电线上激情指挥
这出仲春音乐会的彩排
调皮的风儿
轻轻托起美丽燕尾服的后摆
白云在水里走
锦鲤在空中游
吝啬的春雨呀

你为何还慢吞吞地停在路上
暮春的大幕已经拉开
桃花樱花槐花还有各种野花
也像赶赴庙会似的奔聚而来
汇成一片漫山遍野的花海

素颜的花朵在歌唱

我是一朵素颜的花

悄无声息度着青春年华

高远的天空

见证我鲜红的赤诚

柔弱的小草

感受我杏黄的悲悯

翩跹的蝴蝶

安享我古雅的宁静

劳碌的蜜蜂

采撷我粉红的甘甜

不经意地一瞥

素颜的你闯进我的视界

惊醒我们前世的约

让我忆起

那些与甜蜜共舞的情节

似曾相识的眸光里

蕴蓄着多少心动的时刻

还是让我们纵情高歌吧
就像两只端坐枝头的夏蝉
歌唱阳光歌唱雨露
也歌唱那些我们共同创造的
温馨时刻　幸福时光

春雪

我知道自己不适合春天
可是我抵挡不住自己对春天的喜欢

当然,我喜欢的不是人们的赞叹
我只是想要春天暖暖我冰冷的身子
为了多逗留一些时间
来时我选择静寂的夜晚

我趴在大地的胸膛倾听万物的呼吸
我卧在树枝、房顶、汽车玻璃上
期待黎明期待朝阳期待实现自己的梦想
期待自己像朝气蓬勃的麦苗一样
与温暖交融互渗的刹那
脸上依然神采奕奕充满阳光

春雨十四行

春雨
落在无边的静寂里
轻轻洗濯嘈杂的记忆
劲风
掀翻恬淡闲散的安适
吹开飞絮般的小小忧思
云朵与云朵撞在一起
惊恐　吐槽　叹息
顿时化作淋漓不尽的雨
被重重夜色包裹的我
屏住呼吸
那些高高低低的往事
在雨脚的编织中
泛起紫色的涟漪

谷雨

清明的花瓣雨还没落尽
谷雨的雨便驾着欢欣倏然而来

站在春天最后一道门槛
欣然润泽小麦的胚胎

一手牵着清明的水袖
一手托起立夏的裙摆

淅沥沥的雨声在黎明跳跃
华丽丽地站上暮春的舞台

喝醉的三月

喝醉的三月像酒后的李白
巨笔一挥
这个世界便充满诗情画意
浩荡的春风趔趄成醉汉的舞步
缤纷的花朵芬芳成贵妃的香腮
快意的麦子毕毕剥剥地拔节
闲散的云朵也不再游戏人间
奔腾的山泉水铮铮淙淙歌声嘹亮
鸟儿们离开树上的村庄
风筝们展开虚幻的翅膀
与燕子一起斜掠空中
这片蔚蓝的海上
云蒸霞蔚万物萌的三月
原是我的快乐汇成的一个梦境
所有欣欣向荣的事物
不过是我明媚又略显凌乱的语言
协助我与这个世界更好地交流沟通

谷雨的雨

谷雨的雨举着坚硬的手臂
只轻轻一挥就落红遍地

谷雨的雨有点歇斯底里
跑起来风风火火像夏雨

谁的眼睛开始被雨雾迷离
心疼地把花瓣们一一捡拾起

眷恋，在暮春的枝头叹了一口气
成长的过程总要不停地断、舍、离

谷雨的麦子

谷雨的麦子怀揣着梦想
把希望紧紧攥在手上

轻盈的柳絮在空中闲逛
从不珍惜这个季节的大好时光

小小瓢虫穿着七星衣裳
爬上爬下不住地奔忙

它要和谷雨的麦子一起努力
实现那个令人激动的丰收梦想

野菊花

你的花蕾一睁眼

整个山野都亮了

就像初升的太阳

闪烁着耀眼的光芒

身份卑微　你就把梦想加宽加长

本性平凡　你就让内涵丰满馨香

年年岁岁　从未停下追梦的脚步

分分秒秒　永远散发谦逊的芬芳

当我俯下身与你对望

你笑容里的光芒

点亮我一生的希望

我把艳遇挂上窗棂

暮春的雨
在夜的深处跳跃
与被梦境甩脱的我
不期而遇
四目相对
惊醒了夜的呼吸
拨动芭蕉的琴弦
演奏一首
高山流水的传奇
春夜
在雨轻盈的跳跃中
鲜活成欢快的乐章
柔媚成靓丽的新娘
而我则把这场艳遇
挂上窗棂
同时晾晒的还有
积攒了一春的惊喜

三月,就这样与我擦肩

这个三月,像一片笼着轻纱的梦
我未曾走进,也无法倾听
只能远远地站在时光之外
艳羡着它的青山碧水,柳绿花红

历史的三月,像一匹欢快不羁的小马驹
驮着李白的目光,追逐着孤帆远影
消失在碧空与江水的相接处
穿透千年历史的风尘

我站在孟浩然怀才不遇的叹息之上
站成李白千金散尽还复来的气度与襟怀
悠悠黄鹤楼,仙人几度去来
浩浩长江水,骚客几多感慨

而我,远远地站在时光之外
看岁月的长河中,历史的浪花如何翻卷
崭新的三月,就这样与我擦肩

轻揽四月的腰

三月的尾巴尖滑滑的
不经意间就滑到四月的小船儿上
四月的风儿多情,繁花如梦
小船儿载满明媚清澈的歌声
拈一簇桃花红,捧一束梨花雪
饮一杯槐花香,弹一曲西江月
轻揽四月的腰,揽她古典的窈窕
尽享她的风情万种,百媚千娇

槐花儿

含苞时像集会的半月
花开时是相约的白蝴蝶
占据暮春枝头最后几寸光阴
把心底饱满的爱轻轻摇曳
漫溢的芳香醉了春锦
却拒绝了盛夏热情的邀约

杏花心语

那个墙角,有血有肉有情有义
有鼻子有眼有泪水也有笑颜
在我们用心绽放的日子里

风来,你的香似梦轻舞飞扬
雨来,你的泪如霰落地成殇

缘来,我是你身旁的一朵杏花
同你一道,因风而绽,赖雨而娇

记忆们你来我往川流不息
有些被覆盖有些被刷新
有些被删除还有些扎根在春风里

十里春风一如你
如你优雅的姿态如你匀净的呼吸

我只是眯了个小盹儿
那个墙角便如喝了孟婆汤般迷离

春花似锦，落红成阵

春天要来的消息
被风儿以几何倍数的速度散播
听到这一消息的花草们心潮澎湃
抓紧一切时间精心打扮梳洗
心急如焚的迎春生怕落后
带上金黄的发夹就出了家门
紧赶慢赶终于站到队伍的最前面
勤快的紫花地丁着一袭紫风衣紧随其后
就算身子再小也带着自信的微笑
貌似沉着的白玉兰也暗中加快了步伐
猝不及防中就含满了花苞
花萼上柔柔软软密密麻麻
覆满的全是俏皮的淡黄色绒毛
鲜红的杨树花像弯弯的谷穗儿
鹅黄的柳蕊如小舟的风帆
杏花们你推我挤，朵朵含羞带怯
缓缓绽放的都是雪白的纯洁

沾衣欲湿的杏花雨纷纷坠落
一树树燃烧的粉面桃腮正踏歌而来
梨花抖着似雪的绸缎香甜四溢
樱花笼着如梦的纱衣美赛烟霞
明媚的和暖吹来，春花似锦
花瓣随柔风飘旋，落红成阵

目送春天远去

一个华丽的转身
花枝招展的春天
就留给我们
一个渐行渐远的背影
百花争艳的绚烂
千帆竞发的蓬勃
高山流水的应和
黄鹂白鹭的欢歌
都追随着春天的脚步
亦步亦趋悄然离去
消失在苍茫的暮色中
也消失在我们
依依不舍的目送里……

赶往粮仓的途中

冒着霜冻的风险
尖尖的新绿
摇曳在刺骨的寒风中
面对冰雪的威胁
你义无反顾的勇敢
穿过漫长的冬季
你意气风发地赶往成熟
拔节,开花
麦粒的子房里
孕育着饱满的希望
也蓄积着芬芳的阳光
谷雨的雨淅淅沥沥
打湿了记忆
也润泽了成长
在赶往粮仓的途中
你笑得那么灿烂

又笑得那么张扬
芒种的芒
刺穿夏季的酷热
护佑飞扬的梦想

坐在陀螺上的五月

坐在陀螺上的五月，如山岚聚散
繁密的迎来送往与久违的闲适擦肩
勤快的思想，像一头迷路的鲸鲨在海滩
搁——浅——
心灵的天空匆匆又踽踽，明丽又黯淡
如水雾，似云烟
所谓幸福，时而像银铃的欢笑冲出唇齿
时而像羞涩的矜持绽放眉间
那些高挑的回忆，那些厚重的成长
都在飞旋的往昔中吟唱辗转
成一碟承载鎏金岁月的老唱片
静静流淌，暖暖泛黄，如梦如幻——

沉思的向日葵

没有轻盈飞扬的小花伞
该用什么承载自己飞翔的梦
看着蒲公英的种子在空中悠扬
向日葵的眼中开满艳羡

南美洲是个盛产荒凉的地方
向日葵早就开始编织逃离
白天它兴高采烈地追赶太阳
夜不能寐时就陷入沉思

沉思的向日葵没有蒲公英的伞
也没有小蜜蜂小蝴蝶的翅膀
但乐观坚强的向日葵并不沮丧
它另辟蹊径让鸟兽带它去远方
让人类带它飞跃太平洋

露珠和莲

卧在莲的心里
感受剔透的世界
梦境玲珑摇曳
莹润了我的清宁
温暖来了
赐我以祥和的光芒
风雨来了
给予我洁净的明亮
无论世界上的叶子
多么繁华多么绚烂
我都愿意卧在莲的心里
不为别的
只为前世那个永恒的约
莲中有我　我中有莲
莲还是莲　我还是我

来自远古的夏蝉

作为一只来自远古的蝉
我用竭尽全力地鸣叫
牵引出一个丰满的夏天
这个喜欢化妆的女子
腰里围着荷花瓣
又把露珠项链
晶莹地戴在颈间
还把各种鲜花的芬芳
敷满青翠欲滴的脸

立在麦芒上的夏天

立在麦芒上的夏天
"唰"的一下说来就来了
鸡蛋们在沸水里把祛病的企望
反复熬煮
与白水一起　与艾叶一起
没被采摘的艾叶
卯足了劲儿地长大长高
急着赶往端午的门楣

露珠在油性十足的莲叶上
小心翼翼地寻找着最佳位置
生怕被摔下去
小青蛙坐在密密麻麻的菹草上
专注地思考着未来
翠绿的水蝎子
抱着圆滚滚的小田螺
好奇地抚弄它被触到时的惊恐

小鲤鱼们不顾一切地强身健体
"哗哗哗"地争相跃出水面
准备在暴雨来临时奋力跃过龙门
忽然，风变得狂躁起来
它强行给白云披上灰色斗篷
又极不耐烦地推搡着柔韧的蒲苇
怒目圆睁的样子
吓得小野鸭们瑟缩起身子
时而躲进芦苇丛时而躲在荷叶下
三夏的天气翻脸可比翻书快多了
这会儿还细雨和风转脸就暴雨倾盆

草帽们亲眼看着颗粒归仓
才"呼"地松了一口气放下心来
高考、中考也在炎热里摩拳擦掌
各种大大小小的生命
都在忙着拔节实现着新的突破
我却驾着岁月的小舟
划向热烈划向安静划向时光深处
伴着荷香入梦
枕着蝉声醒来

夏天的雨

夏天的雨

像个精力旺盛的少年

蹦蹦跳跳着一路向北

昼夜不歇地弹唱

大地是他的六弦琴

花草树木，亭台楼阁

都是它昼夜弹拨的琴弦

指尖所到之处

高低疾缓，抑扬顿挫

或激昂高亢，或婉转悠扬

嘈嘈切切错杂弹

大珠小珠落玉盘

从遥远的时空翩然而至

夕阳下的白洋淀

如果可以
我愿变成一条小木船
满载一船霞光
静静停靠在金色的芦苇荡旁
看夕阳把美丽的容颜
沉浸在悠扬的湖面

或者变身成渔舟上两排鸬鹚
在夕阳的臂弯里站成
一幅绝美的画面
和芦苇蒲荻水鸟一起唱晚
枕着斑斓的星辉小睡轻眠

还是干脆化为一只木桨吧
那样就可以与水里的夕阳
融为一体相依相偎
像喝了些许刘伶醉
斜倚着小木船欣赏夕照的美

如果可以
我最喜变成一株细瘦的芦苇
在美丽的白洋淀四季轮回
迎着朝阳绽放一天的青翠
沐着落日抖落一身的疲惫
然后用饱蘸星辉的笔墨
勾勒出最真最纯最闲适的美

秋雨急急地敲着窗

秋雨急急地敲着窗
一边敲还一边好奇地往里张望

难道它已看见
小轩窗正梳妆的你
粉面桃腮的娇羞面庞

而我正轻轻揽着你古典的窈窕
与镜中的你深情凝望

秋雨徐徐地敲着窗
一边敲还一边伤心地往里张望

难道它已看见
相拥而卧的你我
相吻与湿地激情碰撞

此时

你　融化在我的身体里

我　沦陷在你的柔情里

夜　迷失在风的缠绵里

只有雨　跌进寂寞的深渊里

坐上秋天的尾巴尖

我坐上秋天的尾巴尖

打量完丰盈绚丽的秋天

转过身，又开始翘望

赤子般率真的冬天

是什么模糊了我的视线

只在一瞬间

是岁月深处

逐渐清晰起来的

父母那美如菊花绽放的慈爱的脸

秋天的歌者

秋天是一个圆形的音乐厅
蟋蟀、秋蝉
陆续成为这个音乐厅的歌者
它们你方唱罢我登场
在各自适合的舞台上
全力以赴地放声歌唱
蟋蟀坐在秋夜的舞台上
伴着流淌的月光
弹琴歌唱
通宵达旦彻夜不眠
就像歌唱夏天的蝉一样
专注与执着
只不过蝉歌唱的是热闹的孤独
蟋蟀歌唱的是宁静的寂寞
而我只是一个听众
爱屋及乌地喜欢上夏天后
又不可救药地爱上了秋天

精致伶俐的秋蝉们

正伏在金黄的叶子舞台上歌唱

哆索——咪，哆索——来……

哆索——咪，哆索——来……

嗓音温润而又清亮

旋律委婉而又激昂

夏蝉们的通俗唱法

豪放了一夏

秋蝉们的民通唱法

正婉约着这个秋天

此起彼伏的歌声

缤纷了一季炫彩的梦

润泽了一阵清凉的风

音乐厅里的歌声一阵接一阵

让这个原本单调乏味的秋天

更靓丽更丰盈更饱满更生动

那些比李清照胖些的菊花

石头被风雨侵蚀时一言不发
流水被石头砸中时泛起水花
冷风吹着我额前凌乱的白发
黄蜂在蛛网上拼命挣扎
秋蝉在深秋的树干上成为标本
蟋蟀离开郊野迁居城市的屋檐下
西风不顾一切地吹刮
把看不惯的一切吹向海角天涯
那些比李清照胖些的菊花
默默承受着严霜的抽打
冬天吹着不可一世的号角
宣告自己开始对万物的统辖
慈悲的雪花开成六瓣
坚忍的腊梅在冰雪的壳子里勃发
那些昂起头颅对抗着西北风的
是街边老树发出的新芽
耐磨抗压向死而生

世间万物
谁不是一边晾晒坚强与幸福
一边把脆弱和泪水
悄悄——咽下——

老农

你是我手心里的一粒种子
演绎着秋种夏收的传奇
浓缩了风云雷电
收纳了霜露雪雨
作为一个饱经沧桑的老农
把你捧在手里用心呵护
我愿意
就让我掌心的温热伴你入睡
在短短的余生里相互偎依

童年的冬天

童年的冬天
结成无数个网眼
网住了冰上陀螺的旋转
也网住了我们视为珍宝的冰凉船

童年的冬天
小冰屑在滑杆的钉尖下飞溅
小划痕在船儿的底座下伸延
我推你的背你扶我的肩

童年的冬天
洁白的雾气就像缕缕不绝的烟
从我们的口鼻飘出　源源不断
脚下厚厚的积雪瞬间变成武器
碎裂在彼此的头顶、脊背、颈间

童年的冬天

犹如雾气中飘浮的帆船

载着剔透的冰凌和绝美的窗花

乘着记忆的浪涛欢笑着向前向前

不知不觉就驶向喜欢回忆的老年

初雪如霰

初雪如霰
纷扬天地间
就像一首元曲的小令
精美精巧精致而又晶莹
还未品赏过瘾
便已接近尾声
倏忽而来转瞬即逝
只留下一声轻轻的叹息

就像一叶飘落的梦境
虽然万分不舍
却又抓不牢留不住
眼睁睁看着它
落向未知的远方
把我丢回喧嚣的现实

夜

披着静谧的外衣

霰雪

笼着轻纱的梦

而我

在现实与梦幻的边缘

植一株理想的树

开一朵浪漫的花

收获一个不老的传奇

缔造一篇美丽的神话

雪

初雪是调皮的小童
带着怎么也化不开的懵懂
玩耍够了就飞上高高的天空

中雪是健硕的青年
知道自己背负着神圣使命
无私奉献只为天下苍生

暴雪是失控的狂徒
肆虐起来就会随心随性
冲破拘束只管一味横行

有节制的雪飘得最美
滋润了万物也装点了大地
明媚的笑容里饱含着希望
眼里还噙满喜悦的泪

雾凇

迷糊的雾毫无选择地抢占地盘

松柏、芦苇、草棵、麦田……

化身成人们眼中美到极致的雾凇

是啊,雾凇多美呀

她把整个人间都装扮成

一个赏心悦目的女子

只有明辨是非的阳光发挥出威力

世间万物

才会从如梦似幻的仙境中醒来

柔弱的柔弱,刚强的刚强

和善的和善,狰狞的狰狞

行走于幽辟的小径,看雾凇招摇

一丝浅笑掠过我的嘴角

穿透重重厚厚的遮掩,我看到

花草树木们正生机萌动

即将融化的雾凇们紧拥着虚空——

雪花的四季

春天雪花融化为雨
虽几经努力仍回不到过去
它的脾气越来越暴躁
哗哗地抱怨声漫过夏季
秋天的风挥动五彩画笔
瞬间绚丽了各种叶子
暴躁的雨开始沉淀自己
思考那个美丽的前世
想着想着就飘飞成舞动的玉蝶
恍惚间实现了完美的穿越
洁白了春夏秋的思绪
也浪漫了今生与前世的约

一朵摇曳的花香

就在五月
打算抽身而退的时候
我却没来由地
想攥住它粗短的尾巴
阳光是如此的炽烈
就像当初你看向我的目光
高空的云朵亮得发白
就像当初你说错话透出来的紧张
紧张有时很灰色
灰色得叫人有些气馁
这个五月有点惊慌
就像鸟儿骤然看见从天而降的网
明明眼前是金黄的麦浪
为什么我的心里无比迷茫
如果你的笑没能穿透云朵和阳光
我的迷茫也没有被新的希望照亮
五月阴沉着抑郁的脸

一声不吭地玩消失

我会选择把自己的笑容

挂在无关痛痒的墙上

反正也没人在乎

挂在哪里还不是一个样

呆呆地愣上明天一天

画张六月的笑脸别在心上

假装幸福

假装所有的日子

都充满恒久的力量

假装这个五月

就是一朵摇曳的花香

奔跑在通往六月广阔的大路上

早起的鸟儿们

早起的鸟儿们
啄破黑夜的壳
清凉的晨光
便在枝头轻盈跳跃
止不住的兴奋
让鸟儿们美得不能自抑
轮流地歌唱与演讲
整整持续了一个早上
熟睡的小虫子
睁开惺忪的睡眼
好奇地向外张望
张——望——

长短不一的脚

时间迈着长短不一的脚

阳光醉熏熏地东晃西摇

谁的不眠之夜被杂乱无章的思绪缠绕

落叶的梦中永远翠绿着春天的歌谣

日子就在这平常的慵懒中颠颠倒倒

腊梅在冬雪的怀中意味深长地笑

蛰伏的小虫儿伸了个懒腰

惊醒了身旁沉睡的知了

蜻蜓在小荷的尖儿上沉思

露珠在荷叶的怀中舞蹈

夏天的太阳总是不听劝告

一玩起来就忘了回家睡觉

秋风喜欢收集五颜六色的叶子

一遍又一遍摇撼着树枝

她要把这些美丽的叶子寄给春天
让春风魔术师重新把她们变回原来的样子

忌妒的北风气势汹汹地来了
一把撕掉所有的叶子
愤怒的云朵快速聚集
瞬间银蝶狂舞冰天雪地
火红的梅花拱破雪衣
迎春的花蕾也在悄悄孕育
春风开始展示她的神奇
一夜之间桃红柳绿

时间迈着长短不一的脚
阳光醉熏熏地东晃西摇
谁的不眠之夜被杂乱无章的思绪缠绕
落红的梦中永远缤纷着绚丽的歌谣

第三辑 报国情怀

飘过端午的天空

我从远古飘来
阅尽人间百态
老子的青牛驮着老子出关
孔子的弟子跟着师父游走
嬴政治国就信韩非的言论
墨子以牒为械为楚王演示守城
春秋的风云战国的硝烟
都在我的眼里聚散
那个行吟江畔形容枯槁的诗人
那个誓死报国绝不苟活的大夫
那个世人皆醉我独醒的骚人迁客
他在五月初五投身汨罗
历史的天空唯我飘过
而我却挽不住他的手臂
挽不住他一心赴死的执着
我的眼泪同入水的他一起定格
定格这千年一跃

定格这万古流芳

定格这悲悯的粽子

定格这丰满的端阳

咸涩的　是我的泪水

苦涩的　是他的绝望

不能携手的　是楚国的江山

永久纪念的　是爱国报国的

志向

而我，只是一朵云

时而飘进历史的沉重

时而飘进现代的轻松

而人间

不过是一块旋转的罗盘

不尽的色彩　不尽的悲欢

任哪一瞬

都是历史的必然

不灭的屈原

看不惯尘世的污浊,
看不惯宫廷的龌龊,
看不惯世俗的纷争,
看不惯醉眼的迷乱!

世人皆醉你独醒啊!
彷徨在那汨罗江畔!
半睁着迷离的泪眼,
看着楚国大好河山!

突然发出一声长叹!
哀民生之多艰的你,
再也无力独挽狂澜,
于是你凄美地一跃,
定格成永恒的瞬间!
哪怕变成了一条鱼,
也想着楚国的明天!
以死明志以死警世!

正是那轻轻一跃，
划破楚国的长天，
擦亮世人的双眼，
那看似短暂的瞬间，
却承载着千年的历史，
永不磨灭的屈原！

五月，我在汨罗收割

五月，我在汨罗收割
收割千年的粽子
收割屈原的诗歌
收割不朽的穿越
收割不老的传说

奔腾的汨罗江日夜歌唱
歌唱屈原行吟江畔时
那步履的艰辛与沉重
也歌唱屈原以身殉国时
那难以自抑的绝望和悲伤

历史的车轮终将碾压那些
张牙舞爪的奸佞
现实的拂尘总会掸去那些
蒙在忠心上面的微尘
忠心赤胆的三闾大夫啊
你禁得住疏远受得了放逐

可是郢都　你日思夜想的郢都
竟然在你焦虑不安的注视下
毫无悬念地陷落了
绝望　无边无际的绝望
瞬间席卷了你整个身心
连同你那个遗世独立的
高贵的灵魂

你不堪回首地纵身一跃
悲壮了千年也优雅了千年

千年之后的我在汨罗收割
每收割一下
镰刀上就闪烁一次
报国——

千年不变的芦荻

我是你身边

亘古不变的芦荻

千百年来

临风而立傍水而居

住在《诗经》里

在白露为霜的季节

苍苍又萋萋

在生生世世的轮回中

往来穿梭成

世人口中的芦荻

绽放在

千年流淌的拒马河畔

摇曳在

深不见底的秋天里

彳亍在

伊人执手相望的梦境

寂寞在

诗人笔走龙蛇的忧思里

流淌在

母亲生生不息的血脉中

蓬勃在

巨龙昂首阔步的腾飞里

……

祖国啊

我是你身边

千年不变的芦荻

临风而立傍水——

而——居——

明月与李白

碎叶的明月
跟着李白迁到四川
跟着李白拜师舞剑
跟着李白三仿《文选》
跟着李白进了长安
跟着李白斗酒诗百篇
跟着李白戏耍权贵
跟着李白借酒浇愁
跟着李白赐金放还
跟着李白修仙访道
跟着李白与老杜同榻而眠
因为喜欢被李白呼作白玉盘
从小跟到大从童年跟到暮年
沉吟之处　俯仰之间
这轮碎叶的明月
半步不曾离开
夜深潜入梦　昼长化入心

与李白一起历尽浮沉

朗照李白一生的这轮明月
清雅，飘逸，灵动
淬进李白的长剑
融入李白的乡愁
抚慰李白的寂寥
淡化李白的痛苦
坚信天生我材必有用的李白
坚信长风破浪会有时的李白
坚信千金散尽还复来的李白
逍遥游后归于落魄
壮志未酬　郁结难平
得意失意间遍尝俗世冷暖
唯有这一轮家乡的明月
知己般伴他左右
倾听他一生的喜怒悲欢
明月，李白
李白，明月
机缘巧合地捆绑在一起
诗行中流淌着月光
月光中浸润着诗行
而李白更像个仙人
将它们天衣无缝地融合在一起
一会儿变成诗行　一会儿变成月亮

一会儿又变成酒杯里的泪水
一
　　滴
　　　又
　　一
　　　滴
　　　　……

骑马

或许总想走进草原的内心世界
才任凭心的原野滋生骑马的情结
马是草原的风骨和灵魂啊
我怎能让它落寞任自己孤单
骑上马背的瞬间时间瘦成闪电
风中的木兰策马奔腾飞渡关山
马背上驮着一部征战的历史
也驮着一个和平的现实

草原　草原

梦中的草原
天苍苍野茫茫
风吹草低见牛羊
大大小小的蒙古包
落寞地散落在草地上
睁着警惕的眼
马蹄声声
踏碎旭日黄昏
也踏碎思乡的梦
痛饮浊酒一杯
独流清泪两行
酒不醉人人自醉
草原　草原
回望故乡漫漫

穿越历史的尘烟
快马加鞭

来到张北草原

黄沙漫道马识途

风车高耸入云端

骑着草原的灵魂飞奔

眼前铺不败的草

耳边听不完的风

胯下嗒嗒的马蹄声

以及那迎风飞扬的心

草原　草原

体验你动感的辽阔

感受你不老的豪情

风车

远看

风车们横竖成行

团结又默契

一圈又一圈

匆忙间多了几分干练

近观

风车耸入云端

安静又悠闲

一圈又一圈

闲适间透出几许淡然

白云悠悠

蓝天依然

而我

却站在时间之外

读你

高耸的悲喜

旷世的孤单

梦里的安州

我都跟安州约好了
要进行一次相遇
它那么急切地走向我
就像我飞快地奔向它
可是，一场发热
生生横在我们中间
魔爪一伸，就轻松地
轻松地拿走了我们的约定
拿走了我们的初遇
拿走了我们的酒杯
也拿走了我们四目相对的灵犀
古秋风台失望地站在那里
看到那么多惊讶听到那么多叹息
却感受不到我心里青翠的悲悯
它身旁薄薄的皑皑白雪
见证了我与它
梦里的心心相印惺惺相惜

易水河畔，燕太子丹惜别荆轲后
知道自己选错了刺客吗
他万里挑一的荆轲有勇无谋
风萧萧兮易水寒
壮士一去兮不复还
不复还的荆轲身单力薄
投出的匕首绕过秦王
秦王长剑出鞘
把伤口种在荆轲的腿上
呜咽的易水河耳朵得有多长
它听见荆轲咒骂的声响
齐楚燕韩赵魏秦这战国七雄
恰恰是排在最后面的秦横扫六国
燕太子的刺客加速了亡国的步伐
壮士已去，悲歌不再
只有那棵千年古槐陷进往事里不能自拔
还有那残缺破败的古城墙诉说着
渐行渐远渐无形的劫难与风烟
潜入我的梦境化作芬芳缕缕
与我默默对视后又与我款款相依
安州，仍然在我梦里
悸动，躁动，跃动，生——动——

悠悠易水蓝

悠悠易水蓝
往事跃千年
壮士别丹后
一去不复还
老子峰头绕
青牛函谷关
仙人桥上过
相谈笑语喧
青青钟情草
踽踽望高天
沙鸥飞又落
闲云近复远
碧树环山翠
素舟水云间
情人岛上乐
栈道空中悬
人去心犹恋
悠悠易水蓝

女排，是一个神话

艰辛　是一片沃土
汗水一浇灌
就开出成功的花朵
精神　是一个巨人
技术一到位
就登上冠军的宝座
郎平　是女排的领军人
拼搏一磨砺
就闪烁耀眼的光芒
女排　是一个神话
用自己锲而不舍的努力
书写了一个又一个
不屈的意志不朽的传奇

发球　拦网　传球
飞身跃起　一记重扣
杀——无敌

里约　中国女排　郎平
郎平　中国女排　里约
那些绝地反击的时刻
回肠荡气　扣人心弦

登上高高的领奖台
齐声高唱
中华人民共和国国歌
祖国啊
我们是霸气的王者
用自己的伤痛和血泪
成就您
纵横天下的不老传说

第四辑　母爱深深

永远的牵挂

少年的我像初春狂野的风
而您作为初春的设计师
从不计较我的任性涂乱了您的作品
一任疼痛的泪水洒落成暮雨纷纷
母亲啊　纵然我变成
变成脱缰的小野马一路狂奔
也跑不出您那博大无私的包容

青年的我是盛夏叛逆的蒲公英
没有经过您的允许便踏上行程
带上美丽的憧憬去圆绮丽的梦
一任您憔悴成土坡上一道守望的风景
母亲啊　纵然我走遍
走遍大江南北海角天涯
也走不出您那丝丝缕缕绵绵牵挂

中年的我是仲秋负重的挑山工
一肩挑着圆梦的崎岖
一肩担起现实的沉重
耳边回旋着您语重心长地嘱托
母亲啊　纵然我化作
化作一片汪洋大海
也报答不尽您的养育之恩

天大地大
再大也大不过母亲对待儿女的心
涧深海深
再深也深不过母亲善待儿女的情

时光飞逝岁月无声
而您那温柔的牵挂明亮的包容
缤纷了我所有苍白的梦境
梦中的康乃馨开了一捧又一捧
捧捧都是您灿烂的笑容
再不褪色　永不凋零

我今生的桃源

睁开眼的那一瞬间
我惊叹您的笑容竟如此灿烂
虽有乏力与疲倦镶嵌
您依然美若天仙

母亲，当您听到我响亮的哭声
那不是
不是我来到这个世界的惊恐
而是我带给这个世界的
最独特的笑声
还有胖胖的喜悦亮晶晶的兴奋
以及那海浪般翻卷的激动

经过黑白颠倒的岁月
迎来东颠西跑的时光
每个傍晚时分
您唤我回家吃饭的声音
都会在深深的巷子里久久回荡

饿了，您抬手摘下的饽饽篮子
装着我眼里最香的美食
渴了，您探身舀起来的一瓢水
就是我心里最美的琼浆
困了，您的胳膊就是枕头
怕了，您的怀抱就是城堡
痛了，您的抚摸便是妙药
倦了，您的歌谣便是摇篮

母亲啊！
您就是我今生的桃源
我的生命因您的包容而绚丽
我的心灵因您的慈爱而安宁
我的感恩因您的无私而茁壮
……

母爱，点亮细节

好奇的我　借着母亲的身体而来
母亲的心花　为我的到来而盛开

我的乖巧
让母亲安心地在织布机上编织岁月
母亲的歌谣
时常让年幼的我张开想象的翅膀

想象那一大把一大把的笑话
如何你拥我挤地投身到母亲口中
又怎样排着队从母亲的笑容里
从容地绽开，馨香了
我所有亮晶晶的好奇

锅台上种着的那二亩瓜被谁吃了
可怜那上灯台偷油吃的小老鼠
都被大姐抱来的猫咪赶走了

更可怜的是我从来都没看见过

也没看见过姥姥家门前

唱的梆子腔

更没喝过童谣里那美味南瓜汤

《点牛眼》时那"一担茄子两担瓜"去哪了

感觉童谣里住着一个奇妙的世界

只有坐上想象的小船才能到达

而母亲正是这只小船的摆渡人

送我到那瑰丽奇特的彼岸探索观光

时光　如白驹过隙

一个不留神，当年那个

全神贯注听母亲唱童谣的小娃娃

青丝变成了白发，眼角爬满了鱼尾

而当年那位慈爱有加的年轻母亲

也步入了白发苍苍的耄耋之年

有声的无言的温暖的绵长的母爱

就这么淙淙流过我生命的四季

浸润了记忆中每一寸岁月

点亮了生活中每一处细节

母亲的守望

每次回家
我都会远远地
望见母亲那高瘦的身影
无论四季的风
煦暖如春光
还是凛冽如刀锋
母亲的守望
都是土坡上
一道暖心的风景
期盼的目光无限延伸延伸
就像缕缕温柔的丝线
缚住我驿动的心
呵，母亲
此生我无论怎样
都报答不尽您的深恩
绵延不尽的牵挂
广袤无垠的柔情

母亲的手

母亲的手是一双神奇的手
为我们烧熟鲜美的饭菜
为我们熬煮香喷喷的粥
烙制红的白的黄的青的饼
还蒸出金灿灿的窝窝头
捉来的鱼虾蚂蚱黑勺里炸
抠来的知了猴铁锅里熥
母亲用爱烹饪出的各种美食
香透了整个童年

母亲的手是一双灵巧的手
穿梭在织布机里织出锦绣
摇摆在纺车旁纺出银线轴
阳光下穿针
纳出一双双坚挺的千层底儿
油灯旁引线
缝补手肘和膝盖处磨破的窟窿

母亲用爱纺织缝补的各种衣物
暖透了整个寒冬

母亲的手是一个爱的开关
只需轻轻一点
那绵绵不断的爱便在
儿女的身边无限蔓延——

第五辑　乡愁缭绕

乡愁是一朵游走的云

乡愁是一朵游走的云
它驮着崔颢的日暮乡关烟波江上
驮着李白的床前明月朝丝暮雪
驮着马致远的西风瘦马断肠天涯
驮着席慕蓉那枚清远的笛梦中的挥手别离
驮着余光中和母亲、新娘与大陆的离愁别绪
驮着我年少时懵懂离家异乡闯荡的风雨
驮着游子归心似箭的渴望
驮着梦里笑醒后铺天盖地的无奈与凄凉
乡愁的云朵
轻盈又凝重　美丽又忧伤
甜蜜又惆怅　坚定又彷徨
从未远足过的诗人啊
你可曾见过这朵驮满乡愁的云
它轻轻飘过你头顶的模样

余光中的乡愁

余光中的乡愁
是一张小小的邮票
纷飞于无边的战火与硝烟
有家不能回的无奈
在失望里渐行渐远
驾鹤西去的余老
与他的笔告别
与他的诗文告别
与他的四度空间告别
与他的读者告别
与他的"多妻主义"告别
只留下他的译著他的诗篇
只留下读者对他的喜爱与眷恋

今夜
就让这浓得化不开的乡愁
化作一缕又一缕轻柔的烟

缭绕在大街小巷海角天边

缭绕在江河故道枫林麦田

缭绕在大江南北海峡两岸

缭绕在我们你们和他们的

心——间——

你

你再也不能在造虹的雨中等她了
唐诗里那篇篇的相思可还在
长满雀斑的满月逃不出你的笔端
还有那像铁轨一样长长的思念
今夜你驾鹤而去再也不必被乡愁纠缠
诗、译、论、散成就你艺术上的"多妻主义"
再大的成就也挡不住乡愁涌来
当海峡的潮水抚平
当两岸同胞牵手
你那浓得化不开的乡愁是否就会消散
消散——就像一缕轻柔的烟
而你轻盈地站上云端
正微笑着轻捋——长髯

采摘回家的渴望

夜幕低垂思绪纷飞
萤火虫提着灯笼寻找
乡愁借着弥漫的花香袭来
余光中开始收集月光
我采摘着回家的渴望
沉静的芦苇呀你在苦等谁的到来
《诗经》里那个寻觅伊人的男子
可还依着你望眼欲穿
芦苇沉默不语
风拒绝回答我的问题
梦中，我坐上故乡的小舟
四周掠过一群低飞的水鸟

家乡的路·雄安的路

以前
家乡的路
是鲁迅先生笔下
从无到有由众多的脚
踩出来的
雨雪浸泡后的泥泞
车轮碾压后的沟沟坎坎
就像印刻在饱经沧桑的老人
额上曲曲折折的皱纹
马车、牛车、独轮车、自行车
小心翼翼地在上面颠簸
就像簸箕里飞舞的麦粒与麦壳
年年岁岁簸着疲惫的歌

后来
家乡的路
是乡亲们挥汗如雨一砖一砖

辛苦码出来的
规律的花纹砖红的颜色
代替了轻浮的泥土
再也不曾叹息着彳亍不前
再也不必泥泞中人扛着车
再也不用经受高强度的颠簸
几乎与此同时
"村村通公路"工程
如火如荼地展开
连轻微的颠簸也被消灭了
就像一张麻坑遍布的脸上
施了厚厚的脂粉平整一新
长长短短宽宽窄窄的柏油路
以及川流不息的人群
在村与村之间
联结，延伸——
像柔韧的纽带，像跳动的脉搏
公交，长途，家轿，小跑
穿梭的车流像一条奔涌的河

现在呢
家乡的路正在走向地下
管廊式道路设施
构建崭新的路网蓝图
蓝绿交织水城共融的家乡

换了一个崭新的名字：雄安

家乡——雄安　雄安——家乡

家乡的路从过去到现在

一步步走向完美

雄安的路从现在到未来

一步步走向辉煌

十月·麻雀·北方

在十月的画布上
悠然的白云
在湛蓝的清灵里飘荡
奋翅的飞鸟
在悠远的意境里翱翔
叶子们纷纷换上
五彩缤纷靓丽的装
和怒放的花朵们
匆匆奔赴深秋
这个丰盈绚丽的赛场
玉米们掩饰不住
那赶往成熟的兴奋
满口的金光灿灿
在秋阳的轻抚中
分外明亮
坚定执着的麻雀们
目送雁阵渐行渐远

目送燕子消失在天边

目送脚下的黄叶

抓着秋风伯伯的胡子

去自己向往的远方

只是

那盛产诗和未知的远方

麻雀们并不艳羡

它们更喜欢眼前的安逸

和脚下坚实的树枝及

屋檐下安逸的小小居室

在年复一年的菊开叶落

鹄南翔的季节里

安然恬适成

一棵会飞的树

把根深深地扎进

北方广袤的土壤

或休憩于树枝

或跳跃于地上

成为十月画布中一帧

永恒不变的风景

守护着从未舍得离开过的

永恒的家园

北方——

故乡，归心似箭的远方

背着行囊闯四方
看着面目模糊的故乡渐行渐远
很快成了熟悉的远方
最后成了一抹怀旧的落日黄

远离故乡的游子
望着异乡的月亮
思念的清泪
在口琴清越的歌声里滴淌
淌成月白的思念两行

每当看到异乡的炊烟
都会怀念枕着故乡的臂弯
沉沉睡去的幸福时光
身处诗和远方的田野
那颗不羁的心的上空就会升起
丝丝缕缕想家的惆怅

那一抹遥远的落日黄越发清晰
明——亮——

故乡是游子永不厌倦的期盼
故乡是游子归心似箭的远方

等待收割的金黄

等待收割的金黄
是汗水是疲乏
也是希望

镰刀锃亮如镜
汗水似雨脚
密密麻麻

猫成习惯的腰
每直起来一次
都会看到日头变白变高

地头在远远地笑
坚持用嘶哑的喉咙歌唱的
是疲乏困顿的镰刀

赤日炎炎的芒种

谁在挥汗如雨地收割

额上淌着汗眼里含着笑

体尝过汗滴禾下土的艰辛与不易

才会珍惜机器收割的轻松与幸福

也许，我们怀念的田园

不是辛苦而是不可逆转的时光

远去的乡野

童年的乡野

长满趣味的记忆

春风拂绿杨柳枝

池塘水暖鸭得意

二月兰不疾也不徐

穿上一件紫风衣

白茅捧出嫩锥锥

酸辣辣苗怀揣小妒忌

紫花地丁遍地挤

猪妈妈花开甜如蜜

龙葵的果实蒲公英的伞

乡野里孩子笑开颜

野花野果都尝遍

笑着来到池塘边

青蛙唱得正起劲

鱼虾水里游得欢

还有呆萌的小蝌蚪

穿着墨染的黑衬衫
太阳滑下西山去
七彩云霞铺满天
夕阳下母亲村边站
喊儿乳名去吃饭
时光是架穿梭机
弹指一挥三十年
童年乡野虽已远
明媚的记忆满心田

第六辑 云水禅心

云在云之外

云在云之外　收割悠远
鸟在鸟之外　抵达淡然
风在风之外　缤纷未来
我在我之外　播种等待

我的思念
燃烧成天边一缕霞彩
我的守望
清澈成峭壁一瀑飞泉

痴心不改
哪管衣带渐宽
沧海变桑田
残月如钩晓风寒

蓦然回首
那些不变的青春字典

是谁转动了谁的流年
又是谁的一支笔
描画出一个崭新的春天
让美丽的誓言亘古不变

俗雅由心

做个大俗之人
安享俗世带来的快乐
偶尔做点雅事　小雅即可
听听寂静的歌唱　心灵的梵音
禅
总在和心灵素面相对的那一刻
一闪而过
静如处子
安静时变成静卧树梢上的一团月光，
于夜深人静时沉思默想
动如脱兔
热闹处雀跃成一只马戏团里的鹦鹉
于人声鼎沸中叼币鼓舌
这个世界丑陋又美好
静谧又喧嚣

站出四季的优雅

五谷中
唯有麦子的一生大起大落
体验凉薄也贮蓄温暖
穿越冰冷也承受炙热
它的优雅是历练出来的
倾听一枚麦穗成长的心声
守望一方麦田丰收的歌唱
站成麦子的模样
心海波涛里从不缺少涌动的麦浪
有的人活成一株玉米
有的人活成一株水稻
而我最想站成一棵麦子
秋冬春夏
站出四季的优雅

月亮不上相

月亮不上相
她喜欢在眼波里流转
喜欢被人捧在手上
喜欢与喜欢她的人捉迷藏
就像人与动物的影子
可大可小可瘦可胖
可早可晚可有可无
变化万端
一旦被相机施了定身术
就会死死地挂在一隅
像个木偶
失了所有的魅力
把一个人变成木偶比变成一个人
更简单
拍照、洗脑、恫吓、施暴……
就像被装进相框里的月亮
无所适从　一言不发

静是一种喧嚣

　　　　　思想为俗世所累时便失去了奔跑
　　　　　身体被食物裹挟时便遗落了轻盈
　　　　　躁是一种浸润
　　　　　静是一种喧嚣
　　　　　往返于两座不同的城
　　　　　近也是一种远
　　　　　远也是一种近
　　　　　远远近近走不出分分合合的心

昙花

选择在寂寞的夜里开放,
是为了排遣寂寞,
还是为了溶解忧伤?
在那短短的一瞬,
你绽放了一生的光芒!

误会

误会是滴在白衬衫上的那滴墨水儿

擦与不擦面积都会扩大

雪

寒冷雕琢的精华

冬季温柔的牵挂

自由行走的花

霜

因为与冷漠为伍
才体会不到阳光的温暖
只能在冷冷的风中抱怨
将无尽的寂寥吞咽

白天很短　黑夜很长

白天很短

短得就像一个瞬间

一瞬间淹没了那些灿烂的笑脸

淹没了那些闪亮的誓言

也淹没了那些长长短短的感叹

淹没了那些歪歪扭扭的遗憾

黑夜很长

长得仿佛再也见不到太阳

黑色的幕布垂下来

遮挡了那些星星点点的遗忘

遮挡了那些如诗如画的时光

也遮挡了那些闪闪发光的希望

遮挡了那些旖旎绮丽的梦想

白天很短　黑夜很长

迈过白天的门槛

进入黑夜的长廊
纷纷扬扬的思想和景象
你方唱罢我登场……

白天很短　黑夜很长
白天在黑夜的腹中
快速游荡
就像一颗划破夜空的流星
只一闪便失了光芒

跌落枝头的蝉鸣

我是一声跌落枝头的蝉鸣
一不小心撕裂子夜的秋心
如水的月色着一袭清凉的银纱
罩住了黑夜却罩不住流逝的青春
我是逃离池塘的一缕蛙声
一不留神穿透午后的光阴
飘逸的云朵着一袭湛蓝的长裙
诗意了凭栏的眼神却诗意不了迷茫的心
只因我的不安分
才跳不出这纷纷扰扰的三界
离不开这熙熙攘攘的红尘
逝去的青春爬满了斗志昂扬的懵懂
未来的岁月开满了随遇而安的繁花
心若静下来简简单单
灵魂便放下尘世的喧嚣与浮华
静如秋叶　美若莲花

幸福的抵达

清风卷着雪花
是天空在对大地说着悄悄话
冬天已经来了
春天等我们到达

垂柳抱着阳光
是大地在回应天空的悄悄话
迎春已经开了
春天还会远吗

心灵把小算盘打得噼里啪啦
她在计算着幸福的抵达

花儿绽放在春风里
燕子斜飞在阳光下
风筝在空中自由飞舞
线下牵着幸福的一家

雪地爱干净

雪地爱干净，我也爱干净
所以不忍心踩上去
总觉得每一瓣雪都是一颗糖
如果不想吃看看就好
就像寺庙爱清净，我也爱清净
所以不忍心走进去
远远地望一望，默默双手合十
掌心和手背永远是两个世界
一个是净土，一个在凡间

关注

像一阵清风悄悄吹过
每次都特意光顾
我这枚即将枯萎的花朵
静静驻足默默观望
浅浅的足迹印着
淡淡的往昔
有些城市
虽远却住在心里
有些岁月
虽近却淡出回忆
相聚不过南来北往
离开总会各奔东西
来日虽然并不方长
展望却总会看见美丽

枯萎

你的笑容你的歌声

缓缓沉入紫色的梦境

我听到自己的花瓣

一寸一寸枯萎的声音

你来　我欢迎

你走　我目送

只是

多了一缕风蚀的疼痛

少了一片雨润的晴空

人生的本质是残缺

春花娇艳
夏荷清雅
秋菊傲霜
蜡梅凌寒
花朵的本质是凋落
人生的本质是残缺

跟这个世界道别

夜

收集了形形色色的往事

把它们放在大簸箕上

颠来倒去

往事们上下翻飞

逃出去的永远比不上那些

无法脱身的举足轻重

往事它有脚啊

可以任意穿行在梦里

穿行在白天

穿行在崭新或泛黄

年轻或苍老的岁月间

缘起　缘灭

灵魂出走后

往事便随着身体

跟这个世界

鞠躬——道别——

风是个敬业的邮差

高空的云变换着不同的姿态

地上的赞美闪着奇异的光彩

风,是个敬业的邮差

从不去关注云用什么手段斩获称赞

也从未思考过赞美们真实的容颜

当很多的语言都被脂粉覆盖

还有几颗心肯素面朝天

与真实的自己裸裎相见

崭新而又清爽的世界

天空收集着黑色的云朵
一只鸟冲向波浪翻卷的海面
细瘦的闪电撕裂浓墨后
愤怒的雷声就滚滚而来
密密麻麻的雨点接踵而至
冲刷着暮春落红归去的遗憾
也歌唱着夏天乘兴而来的率真
躲在雨雾之外的我
意味深长地笑着笑着
仿佛瓢泼而下的雨早已停歇
留给这个人世间的
是一个崭新而又清爽的世界

花与影

顾影自怜的日子
总以为脚下的影子
就是不堪的自己
风儿跑过来
使劲摇晃我的身体
告诉我
那个反复无常的影子
是太阳送给万物的
礼物
好让大家知道
有影子的地方才有阳光
再阳光的事物也有忧伤

白洞

白洞是黑洞的缝隙进了光
拥有了无与伦比的明亮
就像一朵彩色的花
绚烂了灰白的梦境
时光隧道通向遥远的未知
到处都有不可预知的缝隙
有光射进来明晃晃的
有夜涌进来黑黢黢的
二者交杂在一起灰惨惨的
黑洞白洞灰洞各种洞
千疮百孔
而我们就跌跌撞撞在其中
历尽山重水复偶遇柳暗花明

人生多像一出变脸的川剧

当月亮接了太阳的班
群星眨着渴睡的眼
银白的夜色漫上心灵的沙滩

当厚重的面具被夜的双手轻轻摘下
烟笼寒水月舞轻纱
娉婷绰约的你笑靥如花

茫茫夜色谁是谁的歌者
皎皎月华谁又拜倒在谁的石榴裙下
"真"被月光晾晒的刹那
太阳正在梦中与寒冷拼杀
失去面具的掩护
坚强瞬间被脆弱融化

看着身旁的面具
灵魂纠结无比

戴上
它的重量足以压弯自己的腰
扔掉
如何抵挡那些刺向自己的尖刀长矛

站在灵魂阵地的最高处
逼仄得让你无法振臂高呼
只能傻傻地站成一尊冰冷的雕塑

七彩的晨曦给你戴上美丽的面具
你重新鲜活灵动如一尾快活的游鱼

人生多像一出变脸的川剧
在变来变去的过程中就弄丢了自己

雪是松软的冰

雪是松软的冰
还保持着天空的纯洁

冰,已经成为坚硬的雪
因为被伤害碾压得太多

还是等温柔的春风吹来吧
让明媚唤醒明媚
让纯洁唤醒纯洁

窗花

寒冷们在窗外张望
温暖们在屋内忧伤

外面的闯不进来
里面的冲不出去
在窗玻璃上摆开战场
都想突破这道厚厚的墙
黎明用那根神奇的魔棒
把童话故事涂满玻璃窗

北极熊在热带丛林信步
亚洲象在冰天雪地行走
抹香鲸在陆地上喷水柱
长颈鹿在海洋中畅游
小矮人们牵手走进城堡
白雪公主与小美人鱼拥抱
各色植物千奇百怪
缤纷靓丽却没有色彩

绯红的旭日悄悄升起

温暖的双手划过窗玻璃

白雪公主

还有小美人鱼

瞬间化作

千千万万粒小水滴

是不是所有的神奇和美丽

都禁不起现实温暖的一击

冬至

丢了北风的冬天
只带着点儿雨夹雪来了

不请自到的雾霾
也手牵手风风火火地赶来
铺天盖地的气势
淹没了太阳的光芒
也淹没了星星和月亮
夜幕下的车灯
把一双视霾如仇敌的眼睛
瞪得雪亮
虽然还是看不清前方的路
却发现一旁的枝条上
白白胖胖的雾凇们
闪着兴奋的光芒

你喜欢或者不喜欢

冬天和雾霾就在身边

忽略雾霾虽然困难

却可以多看雾凇两眼

还有

那热气腾腾的饺子

那喜气洋洋的春联

那生机勃勃的渴盼

那其乐融融的团圆

冬天

是一个人的素颜

偶尔灰头土脸

偶尔春光满面

拥抱她

胸中自有一片如洗的天蓝

有一种风景不在险峰

有一种风景不在险峰
它是脑海涌动的浪
它是心空吹拂的风
它是天边燃烧的色彩
它是峡谷流动的幽静

有一种风景不在险峰
它是心间汩汩流淌的清泉
它是眼前片片飘落的花瓣
它是梦中缕缕盈袖的暗香
它是耳畔回环往复的交响

不是每一种风景都在险峰
也不是每一种心境都能入梦
有时不经意的一个回眸
也能成为一道永不凋零的风景

大寒

一脸冰霜将内心的火热
掩藏得滴水不漏

欣欣然的柳枝
开始不动声色地
让自己的腰肢变得柔软

阳光舞动着久违的明媚
和雀儿一起在枝头跳跃
调皮的冰面握住舞动的裙裾

火热总是隐藏在冰冷之下
就像一地悄无声息的野花
突然间就做了迎春的使者

变在不变中悸动
暖在寒冷中萌发

马灯

你被用来提着照明的时候
就是个普普通通的物件儿
岁月大刀阔斧地前行至今
快要绝迹的你却咸鱼翻身
成为筹办展览者眼中的艺术品
微弱的光亮明明灭灭
诉说着摇曳的往事
谁的眼中被惊喜点亮
谁的心中爬满懵懂
展览馆掀开历史的烟尘
艺术,从未离开过光明里的黑暗
也从不拒绝拥抱黑暗里的光明